Retour à Béziers

Éditions Verdier
11220 Lagrasse

Du même auteur
aux éditions Verdier

Le Goût de la vérité, 1997
Cannibale, 1998
La Repentie, 1999
Le Dernier Guérillero, 2000
La Mort en dédicace, 2001
Cités perdues, 2005
Histoire et faux-semblants, 2007
Rue des Degrés, 2010

Didier Daeninckx

Retour à Béziers

récit

Verdier

Ouvrage édité avec l'aide de la Région Languedoc-Roussillon

www.editions-verdier.fr

ISBN : 978-2-86432-771-4

Chapitre I

La décision de quitter Paris m'est apparue comme une évidence dans la minute qui a suivi l'ouverture de l'enveloppe kraft envoyée par la caisse de retraite. Bien que j'aie attendu d'avoir soixante-cinq ans pour faire valoir mes droits, grappillant trois ou quatre trimestres supplémentaires avec des boulots improbables, il m'en manquait encore une bonne quinzaine pour espérer décrocher leur fameux « taux plein ».

Je ne m'étais pourtant pas épargnée tout au long de ma vie, et ce n'était pas des plages de vacances prolongées qui expliquaient les trous béants dans ma carrière. J'avais fêté l'anniversaire de mes seize ans sur les chaînes de Pygmy, à la Plaine-Saint-Denis, où les petites mains rendues agiles par l'apprentissage de la couture plaçaient de minuscules transistors dans les coques plastique des Élitron, des Exatron, des Ultron, des Varitron, des Omnitron, les appareils radio vedettes de cette marque que s'arrachaient les fans de *Salut les copains,* l'émission rock diffusée par Europe nº 1. Un peu plus tard, j'étais passée dans les ateliers de Grandin, un fabricant de téléviseurs français de la rue Marceau, à Montreuil. Je me souviens de l'émeute qu'avait provoquée le fils du patron parmi les cinq cents filles de l'usine quand il était arrivé, au volant de sa décapotable rouge, pour faire réparer un ampli à lampes par le service après-vente. Je m'étais davantage intéressée à la carrosserie de la MG qu'à la tête du garçon, et c'est Maryse, la contremaître de la première équipe, qui l'avait reconnu :

— Frank Alamo ! Hé les filles, c'est pas possible, j'en crois pas mes yeux, c'est Frank Alamo ! Il passait hier chez Raisner, dans *Âge tendre et tête de bois* !

À l'époque, l'apparition publique d'un chanteur yéyé en costume faisait le même effet qu'aujourd'hui celle de George Clooney en slip de bain sur la Croisette. Le hangar s'était vidé instantanément, et une meute hurlante s'était précipitée en direction de l'interprète de *Biche, ma biche* et de *Da dou ron ron* qui n'avait dû son salut qu'à la vitesse de ses jambes.

Dans la foulée, j'avais rencontré Jean-François, aide-comptable chez Dufour, un fabricant de machines-outils dont les façades en brique rouge s'étiraient vers la porte de Bagnolet. Le week-end, Jef assurait la basse électrique des Silver Star dans les boums organisées par le circuit des maisons des jeunes, en banlieue nord. Le groupe accompagnait Vigon, un impressionnant chanteur de rhythm and blues marocain qui mâchait un faux anglais dont il ne comprenait pas un mot et que tout le monde tenait pour de l'américain. Sa voix, son énergie, faisaient penser à James Brown, et il s'apprêtait à quitter les Silver Star pour faire les premières parties d'Otis Redding, de Stevie Wonder et des Stones à l'Olympia.

On s'était assez rapidement mariés, Jef et moi, et les premiers vides dans ma reconstitution d'activité correspondaient aux périodes où j'avais eu le ventre plein. Une fille d'abord, Malika, puis un garçon, Frédéric. On prétend que c'est l'équation du bonheur, mais on a fait figure d'exception qui confirme la règle. J'avais arrêté de travailler afin de m'occuper des gosses et lui permettre de continuer à gratter la guitare, d'écumer les bals du samedi soir. Si nombre de mes copines s'épanouissaient dans leur rôle de femme au foyer, moi je m'y consumais. On a encore vécu quelques années sur les restes, le temps que les enfants grandissent, avant de nous séparer en dépassant la trentaine. La seule chose qui témoigne de manière tangible des trente suivantes, c'est cet appartement d'un peu moins de quarante mètres carrés, à deux pas du métro Saint-Maur, acheté petit à petit avant que la mode du Paris populaire et de ses faux marlous à casquette ne fassent flamber les prix.

— C'est pas possible, ils se foutent de notre gueule !

C'est ce que je me suis entendu dire à voix haute en découvrant la somme de 917 euros à laquelle l'administration de la sécurité sociale estimait ma pension mensuelle. Pas la peine de procéder à de savants calculs, ce n'était pas une retraite mais une déroute. J'ai immédiatement compris qu'il me serait impossible de continuer à vivre dans mon quartier, mais il n'était pas question pour autant de m'exiler en banlieue. J'ai passé en revue, dans ma tête, tous les endroits où je m'étais sentie bien, à la recherche d'un havre pour abriter mes vieux jours : un hôtel sur les falaises d'Erquy, capitale bretonne de la coquille Saint-Jacques, un centre de vacances à la pointe de l'île de Ré près des parcs ostréicoles, un camping à l'ombre d'une tour génoise sur la baie d'Ajaccio, une cabane en bois dans une forêt sableuse du cap Ferret… La lumière des souvenirs récents a sorti de l'ombre les souvenirs enfouis, et je me suis soudain surprise à arpenter en songe le Béziers de mon enfance, une ville où je n'avais jamais eu la tentation de revenir après l'avoir quittée un demi-siècle plus tôt. Mes yeux se sont fermés, comme pour emprisonner dans une obscurité humide de larmes le visage de tous mes chers disparus… Je me suis retrouvée au milieu d'une foule d'élèves sur le pont de pierre qui permet aux eaux paisibles du canal du Midi de franchir celles plus tumultueuses de l'Orb. Des prénoms me revenaient en mémoire, des sourires, des ciels traversés d'orages. Je m'observais assise en plein soleil sur un banc du plateau des Poètes, jupe plissée et genoux serrés, plongée dans un livre de cours ou bien pique-niquant avec mes parents devant le parc du château de la Devèze alors que les excavateurs bouleversaient les vignobles et que les premiers étages de l'immense cité HLM sortaient de terre…

Une semaine plus tard, je regardais le paysage défiler depuis la salle haute d'un TGV duplex remplie d'une des dernières vagues de vacanciers descendant vers le Sud. Après une halte à Montpellier, la rame s'était mise à tortiller, à prendre son temps, pour longer l'étang de Thau, ralentissant sur les viaducs afin d'honorer leur grand âge. La fenêtre de la chambre que j'avais réservée, à l'hôtel des Poètes, ouvrait sur les jardins. En me penchant, je pouvais apercevoir la perspective des allées Paul-Riquet, les Champs-Élysées de Béziers, que ferme la façade du théâtre municipal où, avec ma classe, j'étais allée applaudir *L'Avare*. Si je m'en rappelle, c'est que c'est la seule représentation théâtrale à laquelle j'ai assisté de toute ma vie.

Après avoir pris une douche, je suis descendue me mêler à la foule qui déambulait entre les stands et les estrades en cours d'installation pour la grande féria de la semaine du 15 août. Face à la poste de la place Jean-Jaurès, en plein soleil, des ouvriers assemblaient les éléments d'une arène miniature destinée aux démonstrations des enfants de l'école taurine biterroise. J'étais assez contente d'avoir pris un billet de retour pour la veille de l'inauguration. Je ne suis pas très portée sur la viande, alors les mises à mort, le rugby… Pour tout dire, je serais plutôt poisson, genre couscous de la mer. Et la plus grande corrida de tous les temps, pour moi, c'est le combat qui oppose le capitaine Achab et Moby Dick, la baleine blanche, un harpon plutôt que des banderilles. Je marchais les yeux baissés. Il y avait trop d'agitation pour que les images d'hier se superposent à celles que j'avais si longtemps oubliées dans un coin de ma tête. Quand je la relevais, je cherchais sur les pignons aveugles des immeubles les publicités des Galeries Lafayette, de Max, impers tergal et parkas, de Robisco et Cie, de Raymolux le spécialiste du tricot irrétrécissable et surtout l'enseigne *À la Tentation, confection pour Dames*, dont le *T* et le *D* majuscules étaient là pour nous dire que les réalités qui se cachaient sous ces mots demeureraient longtemps hors de notre portée. Tout avait été lavé par le temps.

Désireuse de m'approcher de la devanture d'une agence immobilière, j'ai contourné un punk d'une soixantaine d'années, bagues métalliques à tous les doigts, poignets de force, piercings. Une crête de cheveux blancs dressée au milieu de son crâne rasé, il était bloqué dans un fauteuil roulant auquel deux chiens de berger étaient attachés. Il m'a demandé l'aumône et m'a gratifié d'un « merci madame » plein de douceur en retour de la pièce de cinquante centimes que je lui ai tendue.

Le jeune employé assis derrière son bureau ne m'avait pas entendue entrer et la tablette qu'il effleurait de ses doigts a émis quelques sifflements modulés caractéristiques de Candy Crush, un jeu de bonbons auquel je suis imbattable. Quand mon ombre s'est posée sur la table, il a fait semblant d'être absorbé par son travail.

— Bonjour... Un instant, je suis à vous...

J'ai attendu qu'il sécurise son score pour lui expliquer que j'envisageais de venir m'installer à Béziers, et que plusieurs annonces affichées en devanture m'avaient semblé d'autant plus intéressantes que les prix étaient cinq à six fois moins élevés que ceux de la rue Saint-Maur. À sa demande, j'ai détaillé le profil du bien que je souhaitais acquérir, un trois-pièces confortable dans de l'ancien, rénové si possible, situé en centre-ville et disposant d'un balcon ou d'une terrasse avec vue. De manière assez incompréhensible, il m'a proposé des appartements dans le secteur du Polygone, le nouveau centre commercial, près de la gare, dans des résidences récentes du quartier des Arènes et même des affaires à ne pas manquer à Boujan-sur-Libron, Valras-Plage et Narbonne!

— Ce sont d'excellents produits sécurisés avec digicode et gardiennage… Il y a aussi les environs du golf Saint-Thomas avec possibilité de défiscalisation…

Il a fallu que j'insiste pour qu'il me fasse visionner une dizaine de vidéos de logements correspondant à mes désirs, et dont la majeure partie se trouvait dans un rayon de cinq cents mètres autour de l'agence.

— Écoutez, je ne conduis pas, et je veux avoir tout à portée de main : les commerces, les services, les administrations, les soins…

Il a haussé les épaules et ses yeux ont suivi le mouvement vers le plafond. Le jour suivant, en milieu de matinée, alors que bandas et peñas accueillaient les premiers groupes de touristes qui déambulaient sur les Allées, il m'a fait visiter les trois appartements qui avaient retenu mon attention. J'ai eu le coup de foudre pour le troisième qu'en bon professionnel il avait placé en fin de parcours alors que c'était le plus proche de sa boutique. Un vaste trois-pièces haut de plafond, inondé de lumière, cheminées en état de marche et parquet d'origine, au deuxième étage d'un immeuble bourgeois donnant sur l'arc que forme le boulevard Jean-Jaurès, à l'entrée des quartiers anciens et à la naissance des rues piétonnes. J'ai négocié le prix à la baisse, l'emportant pour 125 000 euros, une clause liant son achat ferme au calendrier de vente de mon pied-à-terre parisien qui, trois mois plus tard, partait pour plus du double de l'acquisition biterroise. Malgré ma retraite de régime, je pouvais regarder l'avenir avec plus de sérénité : je disposais d'un bon matelas de sécurité en cas de coup dur. Je me suis installée aux premiers jours de février, sous un soleil froid, effectuant le voyage définitif dans la cabine du camion de déménagement où s'entassaient les pièces du puzzle de ma vie.

Chapitre II

Le lendemain, le temps a subitement changé. Une pluie glacée rabattue par de forts coups de tramontane cinglait les carreaux. Je ne suis pratiquement pas sortie de toute la semaine qui a suivi mon arrivée, me contentant d'aller faire quelques courses au Monoprix et chez les producteurs de fruits et légumes et le poissonnier du petit marché qui dépliaient leurs étals, le matin, près de la statue de Paul Riquet, le créateur du canal du Midi. Je tenais à ne pas manquer la visite des employés de l'EDF, du gaz, de l'installateur de la box. J'ouvrais les cartons sur cent objets oubliés à force d'être trop présents, surprise de constater que leur histoire me revenait aussitôt en mémoire. Un bibelot gagné par mon fils Frédéric au stand de tir de la foire du Trône, le bol ramené de sa colonie d'Arradon, en Bretagne, par sa sœur Malika, le presse-purée aux pieds rouillés légué par ma grand-mère Aïcha, et qui avait réduit en bouillie onctueuse des sacs entiers de patates et de carottes, le cendrier fabriqué ici, à l'école maternelle Paul-Bert, avec les empreintes de mes doigts d'enfant dans la terre cuite, où Abdelkrim, mon père, écrasait les mégots de ses Gitanes maïs…

Le premier vertige, et il y en aura bien d'autres, je l'ai éprouvé quand j'ai renversé la boîte à chaussures, éparpillant sur le sol les quelques dizaines de lettres qu'elle contenait. J'ai vacillé. Je me suis laissée tomber sur le canapé, les yeux clos, le temps que l'étourdissement se dissipe, que le sang cesse de taper à mes tempes, essayant de retrouver le calme en maîtrisant ma respiration. L'espace d'un éclair, je me suis vue, minuscule dans une petite robe en coton imprimé, les cheveux lâchés, lisant aux adultes de la famille réunis autour de moi la lettre à l'écriture penchée, tracée sur une feuille quadrillée, que je venais de déplier. Puis les fantômes se sont évanouis aussi vite qu'ils étaient apparus. J'ai mangé une pomme, bu un verre de thé sucré pour reprendre des forces, atténuer le malaise qui s'était emparé de moi.

Pour me changer les idées, je me suis décidée à traverser la place et à prendre l'avenue Saint-Saëns en direction du Palace, le rendez-vous de tous les amateurs de cinéma de la ville, mais des affiches de films datant d'au moins trois ans moisissaient dans leurs alvéoles de plexiglas au-dessus du rideau de fer verrouillé. Un vieil homme qui passait à vélo s'est arrêté à ma hauteur, me voyant désemparée.

— Si vous voulez voir un film, il faut descendre au carrefour de l'Hours, jusqu'au centre commercial du Polygone. Ils ont fait un complexe, c'est le cas de le dire, avec vue sur la gare de triage...

— C'est loin ?

— Non, mais après il faut remonter la pente ! C'est pour les jeunes : ils y vont en voiture, le parking est gratuit et ils leur vendent des seaux de pop-corn. Ici, moi j'ai vu *Michel Strogoff, Cléopâtre* et *Ben-Hur*, puis toute la série des Hercule, des Maciste... Que du beau monde...

Je l'ai regardé s'éloigner, puis j'ai marché en direction des arènes jusqu'à la rue Auguste-Comte. Si l'enfilade de petites maisons sans confort où nous habitions, en face du square Émile-Zola, s'était effacée pour laisser place à un cube résidentiel, les bâtiments en pierre tendre des écoles maternelle et primaire avaient réussi à sauver leurs rides. Lorsque j'ai rebroussé chemin et que je suis revenue à proximité des Allées, quatre sexagénaires, un sourire avenant accroché aux lèvres, m'observaient depuis leurs panneaux en métal galvanisé que les employés municipaux venaient de déposer. Jean-Michel Du Plaa, Élie Aboud, Robert Ménard et Aimé Couquet, les noms claquaient sous les portraits en quadrichromie et les slogans qui se voulaient tous plus accrocheurs les uns que les autres : « Un maire, un vrai ! », « L'humain d'abord », « Choisir Béziers », et enfin « Une autre idée de Béziers » qui suggérait inévitablement de remplacer *idée* par *façon*...

Quelques jours plus tard, une femme d'un âge voisin du mien m'a abordée alors que je pianotais la clef d'ouverture de la porte sur le digicode après être allée faire quelques courses, en milieu d'après-midi.

— Pardon, je ne veux pas être indiscrète, mais j'ai remarqué votre nom sur la boîte aux lettres... Vous êtes bien madame Ismahen ? Houria Ismahen ?

— Oui, en effet...

J'ai poussé le battant et elle est entrée sur mes pas.

— On n'a pas encore eu l'occasion de se croiser. J'habite au quatrième, un appartement qui donne sur l'arrière... Vous vous souvenez peut-être de moi... Laurence Guardiola... J'étais dans la même classe que vous à partir de la sixième, au collège Paul-Riquet...

Il m'a fallu plusieurs secondes pour retrouver, en deçà des ravages du temps, les traits de la gamine et la pointe de défi qui, un demi-siècle plus tard, animait toujours son regard. Elle m'a invitée à prendre un verre et m'a raconté, en grimpant les escaliers, qu'elle revenait de l'hôpital de Montimaran où son mari était soigné pour une sale maladie.

— Il a longtemps installé les systèmes de refroidissement dans les distilleries de la région... Il calfeutrait la tuyauterie. On avait oublié de l'avertir des dangers de l'amiante...

Pendant qu'elle préparait le café dans la cuisine, j'ai laissé traîner mon regard sur les tranches des quelques livres rangés dans la partie vitrée du buffet. Une bonne moitié portait des titres espagnols, et je me suis rappelée qu'elle appartenait à une famille de républicains réfugiés ici après la chute de Barcelone. Je crois que c'est un peu parce qu'on venait d'ailleurs qu'on avait sympathisé dans la cour de l'école. Ou plutôt qu'on s'était alliées pour résister à la meute de ceux qui n'aimaient ni les « espingoins » ni les « bicots », qui se fichaient de nous parce qu'on portait les vêtements usés des sœurs aînées, des cousines. Plus tard, en cinquième, nous nous étions aperçues que son père et le mien prenaient le même autocar, le matin, pour rejoindre les ateliers Fouga, à la plaine Saint-Pierre, derrière la gare de triage, où ils travaillaient sur les chaînes de montage des tracteurs à chenillettes. C'est d'ailleurs au moment de la fermeture de l'usine, qui avait compté jusqu'à trois mille ouvriers, que mon père avait décidé de quitter la région, de tenter sa chance à Paris, d'autant qu'on annonçait au même moment l'arrivée imminente de six à sept mille rapatriés d'Algérie pour lesquels, jour et nuit, on coulait le béton des immeubles de la Devèze. À l'époque, je voulais devenir vétérinaire, je ramassais tous les chats abandonnés du quartier que je nourrissais en disposant des écuelles remplies de lait dans un recoin du garage Renault qui faisait l'angle de notre rue avec l'avenue.

Cinq minutes plus tard, Laurence posait entre nous deux, sur la table, un plateau couvert de gâteaux et de friandises. J'ai éludé quand elle a commencé à me poser des questions sur mon installation à Béziers.

— Frédéric est à Montpellier, Malika dans la banlieue de Toulouse… J'ai voulu me rapprocher, mais pas trop près pour ne pas être tentée d'empiéter… Je ne veux pas jouer à la belle-mère abusive !

En fait, l'une vivait dans la région lyonnaise, l'autre près de La Rochelle.

— Tu as des petits-enfants ?

Cette fois, je n'ai pas eu besoin de mentir :

— Deux garçons du côté de ma fille et une fille du côté de mon fils. Elle s'est mariée l'année dernière… Elle travaille pour une chaîne d'hôtels de luxe à Doha, dans un émirat. Elle me dit toujours que j'ai une chambre réservée, en période creuse, mais j'ai la frousse en avion… Les deux seules fois où je l'ai pris, pour l'enterrement de mes parents en Algérie, je n'ai pas fermé l'œil pendant une semaine, je me suis bourrée de médicaments…

Elle est allée récupérer une enveloppe dans un tiroir et elle en a sorti des photos. La première avait été prise dans la cour du collège, et toute la classe était alignée en rangs d'oignons, que des blouses claires, entourant notre professeure principale, madame Duverger, habillée de sombre. J'étais là, yeux noirs et lourdes nattes encadrant mon visage. Elle a promené son doigt sur les silhouettes, énumérant les noms de nos condisciples, égrenant des anecdotes comme l'aventure survenue à Monique Lenoyer, la fille d'un commerçant de la rue de la République, que ses parents avaient déposée un 1er Mai devant l'école, oubliant que c'était un jour férié. J'ai déplié une page jaunie du *Midi libre* datée du 28 février 1960. Une photo montrait la Versailles décapotable du général de Gaulle, précédée d'un peloton de motocyclistes, qui remontait les Allées pour se diriger vers les halles puis l'hôtel de ville, où le chef de l'État avait prononcé un discours, acclamé par des milliers de personnes. Laurence se tenait au premier rang des enfants des écoles, agitant un petit drapeau tricolore.

— Je suis là… Je t'ai cherchée dans la foule, avec une loupe, mais je ne t'ai pas trouvée…

— C'est normal, je n'y étais pas. Mes parents avaient fait un mot au directeur pour justifier mon absence…

Nous nous sommes quittées une demi-heure plus tard, un peu gênées par ces retrouvailles sans enthousiasme bien qu'elle m'ait invitée le jeudi suivant à la Colonia Española de la rue de la Vieille-Citadelle, où elle organisait chaque mois un dîner flamenco.

Le soir, je me suis fait cuire deux seiches sur la plancha posée à même la gazinière, mais le beurre d'ail d'accompagnement m'est resté sur l'estomac malgré les deux tasses de tisane. Je m'endormais à peine quand ça s'est mis à hurler dans la rue. J'ai ouvert la fenêtre pour découvrir un attroupement devant la façade transparente de la poste. Trente à quarante personnes semblaient faire la queue devant le distributeur de billets et une altercation avait brusquement éclaté. Le lendemain matin, j'ai évoqué l'incident avec l'homme de ménage qui rentre les poubelles des immeubles de la place.

— C'est toujours comme ça que ça se termine, à la fin de la première semaine du mois, quand ils fêtent la Saint-Rémi... Ils forcent un peu trop sur la bière...

— On fête la Saint-Rémi tous les mois ici !

Après avoir vérifié que les deux conteneurs avaient bien été vidés, il a corrigé :

— Pas la Saint-Rémi, la Saint-RMI... Ils sont une bande à venir retirer du liquide dès que les allocations tombent sur leur livret, vers minuit... C'est pour remettre les comptes à zéro en réglant leur ardoise dans tous les commerces du secteur. Un bruit circule dans la ville selon lequel on peut tout vous saisir à partir de neuf heures du matin, quand les banques ouvrent leurs guichets... C'est une rumeur, mais l'habitude a été prise... Et quand le distributeur est à sec, ça s'engueule, ils alpaguent les resquilleurs...

Chapitre III

Je me suis enfoncée dans le réseau des voies médiévales par la rue des Balances bordée d'hôtels particuliers. La majesté des palais comme celui de Sarret avec sa loggia ouvragée et son imposant escalier de pierre contrastait avec l'enfilade de commerces fermés, de vitrines passées au blanc d'Espagne, de devantures défraîchies. J'ai ralenti en passant en face d'une droguerie dont les carreaux avaient été remplacés par des planches mal jointes sur lesquelles couraient des inscriptions obscènes. Plus loin, des parpaings obturaient la façade d'une bijouterie. Même ambiance aux alentours de la mairie avec son lot de pizzerias et de boulangeries en déshérence. La vieille poste qui faisait face à l'hôtel de ville avait disparu, remplacée par une place minérale et l'arrêt Gabriel-Péri, un abribus déstructuré en tôles de couleur rouille, criblé, comme à la mitraillette, de trous qui formaient les noms de toutes les stations placées sur la ligne. Plus j'approchais des halles, et plus mon regard accrochait les traces du désastre. Pas un passage qui ne recèle deux ou trois boutiques moribondes, alors que me revenaient les images d'hier quand une foule avide se pressait sur les trottoirs et que le moindre espace donnant sur la chaussée regorgeait de marchandises. Le même climat régnait autour du pavillon métallique des halles où je m'attendais à croiser des cohortes de badauds le long des amoncellements de fruits, de viande, de poissons, devant la palette géante des épices. Des bâches recouvraient plus de la moitié des surfaces de vente, et seuls les habitués des deux restaurants aménagés sous les verrières, des hommes pour la plupart, mettaient un peu d'animation. En tendant l'oreille, j'ai saisi le nom du maire, Couderc, celui de Ménard, le challenger, et j'ai compris que ça parlait politique. Je me suis hissée sur un tabouret haut de la *Gargote,* et je me suis offert le plaisir de commander six huîtres que le serveur est allé pêcher sur le banc de glace du dernier poissonnier. Une femme d'une quarantaine d'années, maquillage soigné, visage encadré par une chevelure blond naturel, un fard brillant sur les paupières, s'est approchée alors que je tartinais du beurre salé sur un morceau de baguette.

Elle a désigné un siège.

— Je peux ?

— Oui, bien sûr...

Elle a posé un sac à main à armature dorée au bord de la table où elle a appuyé ses doigts manucurés pour se hisser à son tour.

— J'ai rendez-vous avec un journaliste de Paris, pour une interview... J'avais peur d'être en retard mais en fait, je suis trop en avance...

Quand le serveur a apporté le café qu'elle avait commandé, je me suis penchée vers elle.

— Vous êtes de Béziers ?

— Oui, on peut le dire... Je suis née à cinq kilomètres d'ici, mes parents avaient une propriété sur la route de Capestang... De la vigne. Il a fallu qu'ils arrachent tout, à cause de l'Europe. Remarquez, après ils ont vendu les terrains pour construire... Alors, l'un dans l'autre... Depuis trois ans, je travaille dans le social. C'est pas facile. J'aurais voulu être fleuriste, mais on ne fait pas toujours ce qu'on veut dans la vie... J'ai eu de bons moments. Pour mes vingt ans, j'ai été élue Miss Septimanie, un concours de beauté lancé par l'ancien président du conseil régional, monsieur Frêche... Il est mort depuis, le pauvre.

J'aurais dû concourir au niveau national, mais madame de Fontenay n'a pas voulu reconnaître ce titre, et c'est Miss Languedoc qui a été sélectionnée. Tant mieux pour elle. Elles sont bonnes vos huîtres ? Elles viennent de l'étang ?

J'ai gobé celle que j'avais préparée pendant qu'elle parlait.

— Délicieuses... Moi, je n'étais pas revenue depuis des dizaines d'années... C'est impressionnant. Vous savez ce qui s'est passé, pourquoi toutes les boutiques sont fermées dans la vieille ville ?

— Vous vous en êtes aperçue, ça se voit vraiment tant que ça ?

— Il faudrait être aveugle.

Elle a sorti un petit miroir de son sac, s'est repoudré le nez, a claqué le fermoir.

— Beaucoup de gens en veulent à monsieur le maire... Je ne peux pas en dire du mal, c'est grâce à lui que je travaille dans le social. Avant il y avait les docks des alcools, de l'autre côté des voies, les ateliers SNCF de la gare de triage, les installations pour le pétrole. Tout est parti sur Montpellier, sur Narbonne... C'est devenu la zone, plus personne n'y met les pieds. Les boutiques, les cinémas, c'est regroupé au Polygone. On a toutes les marques à disposition. Moi, c'est mon plaisir. Dès que j'ai un après-midi de libre, je vais me promener au Polygone, même si je n'achète rien. Au moins c'est propre, c'est surveillé, personne ne vous embête...

— Et qu'est-ce qu'il faut faire des anciens quartiers, des halles, de la cathédrale ? On les rase, comme l'ancienne poste ?

Elle a haussé les épaules.

— Non, sauf que la cathédrale Saint-Nazaire, bien que ce soit notre emblème, il faut la regarder de loin. Dès qu'on s'approche, c'est le désastre... Je m'occupe d'anciens qui vivent dans des taudis, des endroits indécents avec les murs recouverts de peinture au plomb... Ils ont fermé des rues parce que ça s'écroulait. On dirait que rien n'a été fait depuis des siècles ! Les retraités, je leur apporte leurs plateaux-repas, je fais un peu de ménage. Ils m'appellent leur « rayon de soleil ». Mon métier, c'est de mettre des paillettes de bonheur dans leur vie.

Je lui ai fait signe qu'un type en blouson noir, un casque de moto passé sur l'avant-bras, essayait d'attirer son attention à l'entrée des halles. Un sourire a illuminé son visage.

— C'est pour mon interview.

Elle a sauté de son siège en envoyant un baiser dans ma direction. Je l'ai regardée s'éloigner en me disant : « Gentille comme tu es, petite Miss, j'espère que tu lui as demandé de te montrer sa carte de presse. » J'ai terminé par une mousse au chocolat accompagnée d'un café et, quand je suis sortie, un groupe d'une dizaine de personnes distribuait des tracts aux rares passants. J'en ai pris un à la volée que j'ai lu en descendant vers le théâtre par la rue de la République. Les quatre premières phrases faisaient écho à ce que j'avais constaté de mes propres yeux ainsi qu'à la conversation que je venais d'avoir, mais dès la cinquième, j'eus l'impression qu'un index accusateur se dressait pour me désigner à la vindicte publique :

À Béziers, le centre-ville est en perdition. Les commerçants l'ont déserté. Les professions libérales ont migré vers des « zones franches », en périphérie, où ils sont exonérés de taxes. L'habitat est délabré, squatté par des marchands de sommeil. Les paraboles punaisent les façades d'immeubles occupés par des pauvres, des Maghrébins, des gitans. Les bourgeois ont fui. Les Biterrois ne reconnaissent plus leur ville. Elle a été comme vidée d'elle-même. Un trou noir où viennent se réfugier bénéficiaires des minimums sociaux en quête de logements bon marché, immigrés toujours plus nombreux, plus visibles. De droite comme de gauche, les personnes que je rencontre ne me parlent que de ça. Elles se vivent en insécurité, étrangères à leur propre ville. Ni racistes ni xénophobes. Elles veulent juste se sentir chez elles, voir les nouveaux venus se plier à ces règles de civilité qu'a inventées le Pays d'Oc. Un pays de tout temps ouvert au monde, ouvert aux autres.

Robert Ménard, votre prochain maire.

Je n'ai pas eu besoin de voir la petite flamme du Front national pour comprendre pourquoi ce papier me brûlait les doigts. Je me sentais soudain trop « nombreuse », trop « visible », comme jadis, avec mes deux nattes, dans la cour de récréation. Je suis rentrée directement à la maison. J'ai à peine eu le temps d'ôter mon manteau, d'enlever mes chaussures, qu'un malaise, similaire à celui qui m'avait saisie une semaine plus tôt, s'est annoncé par un soudain tremblement des mains alors que je relisais le texte imprimé sous la photo du candidat. J'ai fermé les volets, je me suis allongée dans l'obscurité, après avoir avalé un cachet, le temps que cette crise inexplicable s'atténue. Le soir, incapable de me faire à manger, je me suis installée sous l'avancée vitrée du *Conti,* une brasserie des Allées qui proposait de la tielle sétoise, une sorte de tourte aux calamars et à la sauce tomate relevée, en plat du jour. De l'autre côté de la place, devant chez moi, les employés des deux restaurants chics sortaient des banquettes sur le trottoir, roulaient des tonneaux vides qu'ils disposaient en guise de tables au milieu de la chaussée. Quand elle m'a apporté l'accompagnement, un petit saladier rempli de roquette, j'ai demandé à la serveuse ce qui se préparait.

— C'est le vin du 20...

— Oui... et ça consiste en quoi exactement ?

— Les patrons se sont mis d'accord. Tous les 20 du mois, ils invitent quelques vignerons de la région à présenter leur production. C'est l'occasion de faire la fête, et il faut dire que ça attire pas mal de monde...

Une heure plus tard, il a fallu que je joue des coudes pour accéder à mon immeuble. La police municipale avait disposé des barrières Vauban dans le but de dévier la circulation des automobiles. Plusieurs centaines de personnes se pressaient autour des comptoirs, leur gobelet à la main, pour faire le plein de Tariquet dans un déluge de décibels binaires offert par le groupe Crazzy qui se trémoussait sur un podium bardé de publicités prônant une consommation modérée. Ça se hurlait dessus simplement pour un bonsoir ou un mot doux. Je me suis écartée de justesse quand une jeune femme bien mise a évacué d'un jet le contenu violacé de son estomac, imitée aussitôt par son chevalier servant. L'odeur aigre du vomi m'a accompagnée dans l'escalier, mais elle s'est rapidement dissipée, contrairement au martèlement disco qui s'est prolongé tard dans la nuit, relayé au petit matin par l'équipe de rangement du matériel et le ronronnement du moteur de la nettoyeuse biterroise.

Chapitre IV

J'ai traîné une bonne partie de la matinée avant de me décider à rendre visite à l'agent immobilier qui m'avait vendu le logement. Il m'avait laissé un message, me demandant de passer le voir pour régler un problème qualifié de mineur. Dehors, rien ne subsistait des agapes nocturnes, et un soleil précoce mettait en valeur les bouquets multicolores du petit marché aux fleurs qui se tenait sur les Allées. Le jeune vendeur vapotait sur le pas de sa porte. Je l'ai suivi dans un nuage parfumé à la réglisse. Il a fouillé dans ses papiers avant de me tendre un chèque de près de 400 euros.

— L'expert a fait les comptes, ça vous revient… Un trop-perçu. Il me faut une signature. Alors, vous êtes satisfaite, tout se passe bien ?

J'ai mis ma griffe sur le formulaire.

— Je m'habitue tout doucement… J'ai eu un peu de mal à m'endormir avec le vin du 20…

Il a piqué du nez.

— Ils essaient de relancer un peu d'animation le soir en centre-ville… La musique est un peu forte des fois. C'est vrai que ça peut être gênant pour les riverains… Sinon, l'appartement ?

J'ai enrobé ma réponse d'un sourire.

— Très agréable vingt-neuf jours sur trente… Sinon, je n'avais pas réalisé l'état de délabrement d'une partie de la ville. J'étais restée sur mes impressions de jeunesse, le dynamisme du centre, les gens qui venaient de l'autre bout de la région parce qu'on y trouvait tout. C'est la construction du Polygone qui a vidé les commerces ?

Il a sorti une petite fiole de liquide doré pour remplir le réservoir de sa cigarette électronique.

— Pas vraiment, ça n'a fait qu'accélérer le mouvement. Il y a des milliers de surfaces vétustes vides ou occupées illégalement. Dans l'intermédiaire, comme les loyers ne couvrent pas les frais d'entretien, ça finit par se dégrader. Et les gens qui ont de l'argent sont allés habiter dans des résidences sécurisées, à la campagne, on appelle ça les « villages fortifiés ». Les professions libérales ont profité des opportunités fiscales pour s'installer en périphérie. Tous ces phénomènes conjugués tirent les prix vers le bas, ce qui nous a permis de vous proposer un bien à la moitié de sa véritable valeur, en plein centre, dans un des meilleurs secteurs... Vous nous remercierez quand la ville retrouvera de son éclat !

— Vous avez une idée de l'époque où ce sera programmé ?

Il a dodeliné de la tête tout en faisant une grimace simulant la réflexion.

— À mon avis, ça va dépendre des élections. Il faut faire le ménage, et il y a du travail. Il nous faudrait quelqu'un de décidé, un homme à poigne.

J'ai préféré partir avant qu'il ne place le sous-titre.

Le soleil qui s'était installé dans un ciel sans nuage incitait à la promenade. Je suis descendue vers le plateau des Poètes pour revoir l'improbable fontaine du Titan, où Atlas réussit l'exploit de supporter le poids du monde tout en prenant appui sur une coquille branlante posée elle-même en équilibre instable sur des chevaux conduits par des anges. J'ai cru y déceler une métaphore de la situation de la ville. Après avoir dévalé l'escalier monumental qui mène à la gare, j'ai pris sur la gauche, vers le carrefour de l'Hours, pour rejoindre le tunnel du Pont-Noir, qui plonge sous les faisceaux naissants de la gare de triage. Les camions brinquebalant sur la voirie défoncée lançaient des rafales de poussière. Les entrepôts de sucre, de bois, de charbon, de tonneaux, abritaient maintenant des casses, des ateliers d'ultimes réparations, des entreprises de recyclage, et le panneau publicitaire « Ici bientôt Résidence Grand Canal », posé sur la façade des *Établissements Gaillard, Magasins Généraux de Vins,* partait en morceaux. Il fallait grimper à flanc de talus pour accéder au chemin latéral du canal du Midi, à hauteur des écluses du port Neuf : le panorama sur les quartiers médiévaux serrés au pied de leur cathédrale, dont les tours se découpaient sur l'azur, était à ce prix. L'eau acheminée faisait un coude pour passer, dans son écrin du pont-canal, au-dessus des eaux plus spontanées de l'Orb. Puis d'un coup, c'était la pleine nature qui s'étendait derrière un double rideau de platanes où nichaient des nuées d'oiseaux. Malgré l'interdiction de mes parents, j'y étais venue plusieurs fois juchée sur la selle de la mobylette bleue de Bernard, mon premier béguin. J'aurais peut-être fait ma vie avec lui si, à la fin de l'été de notre rencontre, ma famille n'était partie pour la région parisienne. On s'embrassait derrière les taillis, et même si j'aimais ça, je passais mon temps à retenir ses mains. Un jour, nous avions poussé jusqu'à la pointe du jardin Neuf. Allongée à ses côtés, dissimulée par les herbes hautes j'avais, sur ses conseils, observé un couple qui déambulait sur le chemin de halage. Il avait fini par s'installer sur une couverture dépliée, en contrebas. Les yeux écarquillés, le souffle coupé, j'avais vu l'homme se débarrasser de son pantalon tandis que la femme libérait sa poitrine sur laquelle il commença à se frotter. Je m'étais détournée quand elle avait approché ses lèvres du sexe de son compagnon pour découvrir, à quelques centimètres de moi, l'anatomie semblable de mon amoureux. Je m'étais dressée dans un cri et je m'étais mise à courir, provoquant la panique dans la combe tandis que Bernard se reculottait rapidement et se lançait à ma poursuite. Nous nous étions revus une dernière fois, avant que je prenne le train vers Paris, pour mêler tendrement nos larmes d'adieux.

Des dizaines de joggeurs, écouteurs sur les oreilles, calculateur d'effort au poignet, sillonnaient les rives du canal. Les plus courageux se lançaient au trot dans l'ascension de la rampe de Fonsérannes, qui longe l'impressionnant escalier liquide constitué d'une suite de neuf écluses. Une prouesse technique vieille de plus de trois siècles toujours en état de marche. Les parkings étaient remplis de voitures, de caravanes, de camping-cars, dont les plaques affichaient tous les pays d'Europe et dont les occupants se contenteraient, pour la plupart, de prendre une photo de Béziers au soleil couchant avant de filer vers Narbonne ou Montpellier. Je suis rentrée par le port Notre-Dame, un bassin d'eau croupie d'un kilomètre de long, bordé d'entrepôts en jachère, où s'ébattaient des ragondins. Le temps n'avait pas tout à fait effacé, aux frontons, le souvenir de la fabrique de *Glace Hydrique,* des usines Prunet ou de la *Compagnie Commerciale et Industrielle de Concentration des Moûts.*

Ma balade avait duré plus longtemps que prévu. Il commençait à faire sombre quand je suis arrivée devant la grille du plateau des Poètes pour la trouver fermée. Saisie par la fraîcheur, j'avais relevé le col de ma veste. Il ne me restait plus qu'à passer par la rue de la Rotonde, qui contourne l'espace vert et débouche près du rond-point de la Légion-d'Honneur, au bas des Allées. Un groupe de percussionnistes répétait derrière les murs blancs de la Cimade. Une affiche annonçait un prochain Festival des peuples de Béziers. Plus loin, dans la minuscule rue Bagatelle, deux automobilistes se sont mis à klaxonner pour protester contre un groupe de jeunes qui bloquait la voie à l'aide de poubelles.

— Vos gueules !

Les avertisseurs étaient repartis de plus belle. En représailles, la semelle d'une bottine s'était écrasée contre le rétroviseur du premier véhicule. Le conducteur avait tenté d'ouvrir sa portière pour protester, mais un second coup de pied, bien plus violent, l'avait aussitôt refermée en laissant sa trace imprimée sur la carrosserie.

— Tu recules maintenant, pépé ! C'est pas difficile ! Tu braques la marche arrière et tu te tires, compris ?

Derrière, la deuxième voiture s'était mise en mouvement, les roues butant contre les trottoirs de la ruelle, tandis que le moteur de la première s'emballait sous les coups d'accélérateur du conducteur apeuré. Il a fini par caler, et cette fois c'est la porte du passager qui s'est ouverte. Une vieille femme a essayé de s'extraire de l'habitacle, les doigts crispés sur les montants métalliques. Il a suffi d'une pichenette à un autre membre de la bande, la vingtaine baraquée, pour la repousser sur son siège. Je me suis plantée devant lui, tremblante d'indignation.

— Tu n'as pas honte ! Elle pourrait être ta grand-mère !

Il m'a toisée comme si je débarquais de la planète Mars. Il m'a bousculée sans ménagement.

— Quelle grand-mère ? Où est-ce que tu as vu que j'avais une grand-mère ? Vous avez entendu ? Elle dit qu'elle connaît ma famille...

Ça s'est esclaffé en retour dans la pénombre d'une ancienne épicerie squattée. J'allais repartir à l'assaut quand une main s'est abattue sur mon épaule. Pensant que j'étais cernée, je me suis vivement retournée pour découvrir un couple, la quarantaine, flanqué de deux chiens, des bergers des Pyrénées. L'homme s'est adressé à moi à voix basse, les lèvres presque immobiles.

— Venez, madame, ça ne sert à rien... Ils s'en foutent... Venez avec nous.

Je les ai suivis jusqu'au pied de la rampe des Poilus que surmonte l'enseigne de l'*Hôtel d'urgence Cécil*. Ils habitaient un petit pavillon d'angle, juste en face des escaliers, et m'ont proposé de venir boire quelque chose pour me remettre de mes émotions. Une photo de la porte d'entrée, scotchée sur la porte elle-même, au-dessus de la fente ménagée pour glisser le courrier, portait la légende : « Ceci n'est pas un urinoir. » Je suis entrée. Du carrelage montait une forte odeur de désinfectant. La femme a pris un tas de linge qui encombrait la banquette pour le poser sur la table à repasser dépliée devant une grosse télé. Elle m'a souri, comme pour s'excuser.

— J'ai du retard... Installez-vous... Mon prénom, c'est Françoise, lui c'est Jean-Claude. Qu'est-ce que vous voulez, un café, une bière, de l'orangeade ?

Les deux chiens se sont allongés à mes pieds.

— Merci, moi, c'est Houria... Un peu d'orangeade...

L'émotion m'avait donné soif, plus que les kilomètres de marche, et j'ai bu mon verre d'une traite. J'ai laissé faire quand elle l'a rempli à nouveau.

— Avant, ils étaient devant chez nous. Ça a duré des mois. L'enfer ! On a mis le temps, en remuant ciel et terre, mais on a réussi à ce qu'ils s'éloignent un peu... À la fin, un ami dresseur nous prêtait un de ses Rottweiler. On le sortait dès qu'ils se débraguettaient. Il nous a bien aidés...

— Excusez-moi, mais je n'ai pas tout compris. Ça leur sert à quoi de bloquer les rues, de s'attaquer aux gens qui circulent en voiture ? On n'est pas au Moyen Âge !

Jean-Claude m'a regardée en remuant la tête.

— Je me trompe si je dis que vous n'êtes pas d'ici ?

— Un peu quand même. J'ai déménagé il y a presque un mois. J'habite au-dessus du *Chameau Ivre,* le bar à vin de la place Jean-Jaurès... Pourquoi ?

— Ils protègent leur bizness. Il y a trois ou quatre zones de deal très structurées dans la ville, derrière la Madeleine, vers la rue des Sœurs-Grises... Hélas, l'une des principales grandes surfaces a pris possession de ce quartier. Et la photo, sur la porte, ce n'est pas de la provocation... Ils restaient là, à boire des bières pendant des heures, à manger des pizzas sur les couvercles des poubelles, il fallait bien qu'ils se soulagent. Et leurs clients aussi... Quinze, vingt pisseurs dans la soirée et la nuit. À raison de vingt centilitres par personne, c'était trois à quatre litres par jour ! Le bois a vrillé, la serrure ne s'enclenchait plus... Si le courrier tombait par terre, il fallait l'ouvrir en mettant des gants en caoutchouc...

J'ai réprimé un rire nerveux dont il ne s'est pas offusqué.

— Pardon, c'est plus fort que moi...

— Ne vous excusez pas, j'ai l'habitude, c'est l'effet que ça fait quand je raconte notre histoire...

Il est allé prendre un dossier dans le tiroir de la commode, en a éparpillé le contenu sur la table basse. Des photos, des courriers, des notes manuscrites, des affichettes, des coupures de presse, tout un fatras dans lequel il a pioché.

— On les entendait faire leurs transactions si on laissait les fenêtres entrouvertes. Le ravitaillement venait de Marseille. Dès que la voiture de livraison était annoncée par un code au téléphone, ils interdisaient l'accès à toutes les rues pour lui garantir le passage. Une fois, ils négociaient même des armes. Peut-être que c'était de la frime, mais je n'en mettrais pas ma main au feu. Un peu plus bas, une vieille femme seule a été hospitalisée. Ils se sont introduits dans son appartement pour le transformer en espace de stockage... Elle n'a pas pu revenir chez elle, tout était dévasté.

Avant de quitter Paris, j'avais lu des reportages qui évoquaient des situations similaires à propos du centre-ville de Saint-Ouen, du quartier de la gare à Saint-Denis, des Beaudottes, à Sevran. Quelques années plus tôt, avant de gagner la banlieue, ça se passait au cœur de la cité des Flamands et autour de la place de Stalingrad.

— La police ne fait rien ?

Françoise m'a montré des échanges de courrier avec la mairie, le commissariat, le procureur de la République, la préfecture, le député.

— Tout le monde est dépassé. Le maire a envoyé sa police municipale. Ils se sont fait recevoir par des jets de gaz lacrymogène, des vaporisateurs grand format, pas les petites bombes de poche… Les flics nationaux n'ont pas bougé d'une oreille. D'après ce qui se dit, on envoie à Béziers tous ceux dont personne ne veut ailleurs… Il faut compter sur ses propres forces. Nous, on a simplement réussi à déplacer un peu le problème, grâce à Charly…

— Charly ? C'est qui ?

C'est Jean-Claude qui a répondu.

— Le rottweiler… Vous savez, Houria, chaque époque a ses fléaux. Ceux d'aujourd'hui sont particulièrement insupportables parce qu'on y est confrontés directement, qu'on est tous en première ligne, sommés de prendre position. Mais si on regarde en arrière, on s'aperçoit que ça a toujours existé, sauf que les choses étaient plus diffuses, les responsables des désordres étaient plus éloignés de ceux qui supportent les effets de leurs actes…

Françoise l'interrompit.

— C'est sa marotte qui le reprend… Depuis qu'il a décidé d'être abstinent, il ne parle plus que de vin !

Il avait soupiré mais on voyait que leur numéro était bien réglé.

— Pour ce que je buvais ! Personne ne peut nier que c'est le jus de la treille qui a fait l'immense richesse de Béziers. Les immeubles des allées Paul-Riquet, les châteaux pinardiers de la rue de la République, les halles, le théâtre, la gare de triage, la Caisse d'Épargne ! Tout vient des alignements de ceps qui striaient le paysage ! Jusqu'à la guerre de 14 qui a, elle aussi, été source de profits quand le pipeline de gros rouge alimentait les tranchées. Il pèse bien 10 % du sang répandu à Verdun, sur le Chemin des Dames… Cette ville s'est bâtie sur le crime ! Tenez, lisez ce texte, il date seulement de 1961, vous n'allez pas en croire vos yeux !

J'ai saisi la feuille pliée de *La Dépêche du Midi* où se détachait en lettres grasses le titre « S.O.S. ». L'article que j'avais sous les yeux était signé d'Émile Claparède, ancien ministre, sénateur, maire de Béziers, et avant tout président du Comité national des vins de France :

La défense de notre boisson nationale est devenue une nécessité vitale, impérieuse. Au départ, en novembre 1954, la lutte antialcoolique avait été organisée dans un esprit louable. Ensuite, beaucoup plus récemment, les coups les plus durs – des coups bas – furent portés au vin. De tels moyens étaient déjà inadmissibles, révoltants. Aujourd'hui la situation s'aggrave considérablement. Le vin, selon certains, ne serait plus UN *des facteurs de l'alcoolisme, mais le* SEUL *responsable du fléau. Il est temps de réagir énergiquement contre de telles aberrations. Il faut, sans plus attendre, mettre en place, avec des moyens puissants, une véritable « force de frappe » qui touchera les masses. C'est alors, mais alors seulement, que triomphera la vérité, celle que criait avec autorité et bon sens, sous la III*e *République le président Raymond Poincaré : « Mais si le vin était nuisible, eh bien ! on le saurait. On le saurait depuis les Latins, depuis les Grecs, depuis Homère, depuis la Genèse… C'est un très vieux procès. C'est un procès jugé depuis des siècles. C'est un procès jugé depuis Bacchus. » Croyez-moi, amis vignerons, et vous tous qui vivez du produit de la vigne : la vague antivin se développe de façon très inquiétante. Il est relativement facile de l'endiguer. Mais attention : il n'y a pas une minute à perdre.*

Jean-Claude s'était rapproché pour lire par-dessus mon épaule.

— C'est incroyable, non ? Ils ont organisé des caravanes de promotion de la « boisson hygiénique » dans toutes les fêtes de village, au moment du passage du Tour de France, sur les plages. Résultat, des cirrhoses du foie comme s'il en pleuvait, une moyenne de 15 000 morts sur les routes chaque année, avec une pointe à 17 000 au début de la décennie soixante-dix ! Un massacre organisé par les plus hautes sommités de l'État, quatre fois plus de décès que maintenant pour une circulation trois fois plus faible ! Et ça passait comme une lettre à la poste. C'était de la violence normale, on l'acceptait comme une punition divine. Si on mettait les mêmes moyens contre les dealers, vous croyez qu'ils tiendraient la rue longtemps ?

Une idée m'a traversé l'esprit, venue je ne sais d'où, un poème probablement, qui disait qu'au moment de l'accident l'homme érige son propre monument, à la manière d'une compression de César. Ils m'ont raccompagnée jusqu'au bas de mon immeuble sans que je parvienne à leur dire que ce qui m'avait frappée, dans le texte de l'ancien maire, c'est qu'il situait le début de la guerre antivin en novembre 1954. Une date qui, pour moi, marquait avant tout le début de celle d'Algérie. D'autres souvenirs me sont revenus quand je me suis couchée, comme s'ils avaient été convoqués par le rappel de cette période. Des policiers qui investissent la maison avant le lever du jour. Mon père en maillot de corps passant une veste sur ses épaules, ma mère qui crie, les enfants qui pleurent. On l'emmène, et il ne revient qu'une semaine plus tard, les traits tirés, les lèvres fendues. Il connaissait Ben Saïd, un boxeur professionnel qui habitait dans un immeuble abandonné de la rue Victor-Hugo, la Cabane Bambou, et qu'on avait trouvé en possession d'un pistolet. J'avais appris plus tard que Ben Saïd collectait l'argent des ouvriers de Fouga pour le compte du FLN, mais c'était la première fois que je me demandais si l'humiliation consécutive à cette arrestation ne constituait pas une des raisons de quitter le quartier pour la capitale, quelques mois plus tard.

Chapitre v

Le matin, à l'ouverture de la poissonnerie, j'ai acheté de la roussette. Mes enfants en avaient ingurgité des bancs entiers quand ils étaient petits, miracle du poisson sans arêtes que je cuisinais à l'escabèche, avant d'apprendre que c'était du requin déshabillé, et de faire un blocage définitif. Je suis redescendue vers dix heures. C'était au tour de l'équipe d'Aimé Couquet, le candidat du Front de gauche, d'occuper les Allées avec ses partisans. De loin, il ressemblait vaguement au lieutenant Kojak, le policier new-yorkais amateur de sucettes, mais il collectionnait bien moins de succès que son clone, étant régulièrement battu aux élections auxquelles il se présentait. Aux terrasses, on en parlait avec une sympathie un peu condescendante :

— Un Couquet dans l'urne ? Il se ramasse à chaque fois, à croire qu'il est là pour ça... Pour moi, son bulletin c'est *Mission impossible,* il s'autodétruit avant le dépouillement.

En buvant un café, j'ai parcouru son programme dans lequel il soulignait que plus d'un tiers des habitants de Béziers vivaient sous le seuil de pauvreté. Et s'il parlait de solidarité, il suffisait de jeter un œil à la photo de groupe de sa liste pour s'apercevoir que la diversité, un mot absent des quatre pages, n'était pas au rendez-vous.

Je me suis approchée d'une boutique foraine, attirée par les pommes d'amour, les guimauves étirées, les confiseries multicolores, mais je n'ai pas trouvé trace sur l'ardoise des chichis frégis, ces beignets de farine de blé et de pois chiche roulés dans le sucre semoule que les garçons surnommaient les « saucisses de Jésus » en éclatant de rire. Des images me revenaient. Je cherchais à les superposer au présent. *Le Glacier,* près des galeries commerciales du théâtre, s'effaçait pour laisser place au premier café à l'américaine de la ville, le snack-bar de monsieur Sirjean, avec son mobilier en Formica, où nous avons tant rêvé au prince charmant.

Près de l'entrée arrière des halles, face au café du Marché et ses buveurs de Byrrh, c'est une autre figure qui est remontée de nulle part : un vieil homme aux longs cheveux blanc filasse qui lui battaient les épaules. Il se tenait assis sur un tabouret, entouré de tréteaux recouverts de livres, de revues, de traités de science, de droit, de photos, de vieux papiers de famille au milieu desquels les curieux partaient à la recherche des secrets enfouis. Tout le monde l'appelait Camembert, à cause de sa femme qui vendait des fromages sous la halle… Il récitait des poèmes en occitan pour attirer la clientèle.

Le centre médical où j'avais pris rendez-vous se trouvait à deux pas. Tout en vérifiant mon pouls, en auscultant la régularité des battements de mon cœur, le docteur m'a posé une série de questions afin que je décrive mes malaises le plus précisément possible, ainsi que les événements qui les avaient précédés même si je les jugeais sans intérêt.

— Vous n'avez pas eu d'autres problèmes de santé ces derniers mois, vous n'êtes pas sous traitement ?

— Non, à part une grippe et un mal de dos que je traîne depuis trente ans…

— Des allergies ?

— Pas que je sache…

Il a fait glisser vers lui sa liasse d'ordonnances détachables.

— Tout a l'air normal, mais je vais vous prescrire des analyses, sang, urines, ainsi que des calmants faiblement dosés à prendre dès que les symptômes se font sentir… Je pense que votre changement de vie, de rythme, les fatigues du déménagement, y sont pour beaucoup. Le printemps arrive. Marchez, mangez des produits frais, détendez-vous, et revenez me voir dès que vous aurez les résultats.

C'est quelques minutes après être sortie du cabinet que j'ai assisté à la première altercation de la campagne électorale. Des soutiens du candidat du Front national, une quinzaine environ, allaient à la rencontre des rares habitués du marché, leur proposant une bande dessinée dont les protagonistes n'étaient autres que le maire sortant, Raymond Couderc cornaquant son dauphin, Élie Aboud, rebaptisé Oui-Oui. Un vieil homme a froissé un tract avant de le jeter à terre. Le militant qui le lui avait remis a pris le monde à témoin pour exiger qu'il le ramasse afin de réparer l'outrage.

— Vous pourriez respecter notre ville ! Un peu de considération pour le travail des employés municipaux.

— Il n'est pas encore né celui qui m'obligera à me baisser ! Il est à sa place, ce torchon…

— Pas d'insulte, monsieur, restez dans le cadre du dialogue démocratique.

— Mais il se fout de qui ? Quel dialogue démocratique avec quelqu'un qui travaillait pour des dictatures du Golfe, qui crie sur tous les toits qu'il est pour la torture, pour la peine de mort !

Le distributeur de tracts a dodeliné de la tête en direction du cercle de curieux qui commençait à se former.

— Tout de suite c'est les grands mots, l'exagération… Monsieur Ménard n'était pas payé par l'émir du Qatar, c'est son organisation qui recevait des subventions… Allez plutôt dire ça à Zinédine Zidane ! Et sur la peine de mort, il a toujours affirmé qu'il était pour si on touchait à un cheveu de sa fille. Qu'est-ce que vous feriez, vous, si on enlevait vos petits-enfants, qu'on les violait, qu'on les assassinait ?

Le vieillard a balancé, de la pointe de son soulier, le papier chiffonné qui a roulé dans le caniveau.

— J'espère qu'il n'entend pas ça, Jean Jaurès ! Il doit faire des tours dans sa tombe, au Panthéon, un vrai ventilateur !

— Je ne vois pas le rapport...

— Moi, si ! Parce que vos raisonnements, c'est un tissu de conneries, une logique de western, *Règlement de comptes à O.K. Corral*. Bien sûr que tout le monde aurait envie de zigouiller le tueur de son enfant, de le réduire en bouillie ! C'est précisément pour ça qu'on a inventé la Justice, pour ne pas se laisser aller à la vengeance.

Je n'avais pas demandé au médecin si je devais me présenter à jeûn. Par précaution, j'ai patienté jusqu'à dix heures le lendemain matin, après une prise de sang assez sauvage, pour m'attabler devant mon petit déjeuner. J'ai passé un pantalon, une veste de survêtement, lacé des baskets, déterminée à renouer avec la course lente que je pratiquais aux beaux jours dans les allées du parc des Buttes-Chaumont ou le long du canal Saint-Martin. J'ai glissé une barre aux céréales et raisins secs dans ma poche. Une parade sillonnait la ville derrière des géantes dont les amples robes gitanes battues par le vent dissimulaient des échasses. On s'arrêtait pour le cracheur de feu, la joueuse d'accordéon, les clowns, les jongleurs, la contorsionniste et la formation de percussionnistes adeptes de rythmes brésiliens. Des enfants en profitaient pour distribuer le programme du Festival des peuples de Béziers, qui débutait deux heures plus tard par une soupe offerte à tous, sur la place du théâtre, par La Marmite à roulettes. Dans les petites rues adjacentes, pas la moindre trace de ceux qui vendaient leurs paradis artificiels au prix de l'enfer pour les riverains. Ils se reposaient des efforts de la nuit. Comme les vampires, le soleil les faisait fuir. Une affichette blanche, collée tous les dix mètres sur les murs qu'ils avaient l'habitude de tenir, a attiré mon attention. Je me suis approchée pour la lire :

Ici,
J'ai longuement usé mes fesses,
Dealé, gueulé, fait chier les gens.
J'ai souvent rêvé de richesses,
Mais pas gagné beaucoup d'argent.
En restant assis comme un gland,
J'ai surtout perdu ma jeunesse.

Il commençait à se faire tard quand je me suis décidée à descendre les Allées en direction de la rue de la Rotonde où se tenait le Festival des peuples de Béziers. Il m'a fallu passer, le défi dans le regard, au travers de groupes de dealers pour accéder à la cour de la Cimade où résonnaient les percussions de batucada et de maracatu. Un grand bâtiment dont les fenêtres donnaient sur des jardins accueillait des réfugiés, des sans-papiers. Dans une salle attenante, les musiciens rroms de Chakaraka s'accordaient, entourés de leurs femmes, de leurs enfants. Je me suis installée à une table ronde pour boire un thé commandé à la buvette, et trois femmes aux robes arc-en-ciel se sont assises sur les autres chaises. J'ai essayé d'engager la conversation avec celle qui se tenait près de moi, mais elle m'a répondu dans une langue qui ressemblait vaguement à de l'allemand. La plus âgée a rapproché son siège.

— Ma fille ne parle pas le français… Seulement le romani, l'allemand et le magyar…

— Excusez du peu… Vous habitez ici, vous êtes aidées par l'association ?

Elle s'est mise à rire.

— Non, au contraire : c'est nous qui l'aidons !

J'ai senti la chaleur s'emparer de mes joues.

— Comment ça ?

— Je suis professeure dans un lycée, à Salzbourg, et je profite de mes vacances pour donner des conférences sur la situation des Rroms autrichiens…

— Être Rrom en Autriche, ça ne doit pas être facile…

Elle a versé un peu de Coca pétillant dans trois gobelets translucides.

— Ce n'est facile nulle part pour les Tsiganes, mais à côté de ce qui se passe chez vous, nous n'avons pas à nous plaindre. Depuis vingt ans, nous sommes reconnus. Le statut de minorité nous donne les mêmes droits que tous les autres Autrichiens alors qu'avant, par exemple, nos enfants étaient obligatoirement scolarisés dans les écoles pour déficients mentaux. Il n'y a plus aucun bidonville sur tout le territoire, le romani est enseigné dans certaines écoles, et le chancelier, notre premier ministre, a accueilli nos représentants au Parlement. C'est ce que je viens expliquer, dans toute l'Europe, à ceux qui prétendent que les Rroms ne veulent pas s'intégrer pour des raisons culturelles… Et vous savez comment s'appelle le représentant de notre communauté ?

— Non…

— Rudolf Sarkösi.

C'est à mon tour de rire.

— Sarkozy, comme notre ancien président ?

— Oui, c'est le nom d'une très importante famille tsigane. La branche aujourd'hui française a été anoblie, il y a quatre siècles, pour services rendus à la couronne de Hongrie. Elle y a gagné un *y* final à la place du *i*.

Chapitre VI

Je me suis levée tard, le lendemain, puis j'ai traîné toute la matinée. Je ne suis sortie qu'en début d'après-midi. J'ai fait quelques exercices d'assouplissement dès que je me suis trouvée à l'abri des regards, sous les frondaisons du plateau des Poètes, avant de me diriger vers le bassin. Le paysage, devant moi, comme un livre ouvert. En prenant sur la gauche, à la gare, je devais pouvoir rejoindre la courbe des rives de l'Orb, remonter jusqu'au moulin Cordier et au jardin de la Plantade, contourner les faubourgs, puis redescendre vers le centre-ville en coupant le boulevard d'Angleterre. Une bonne heure d'exercice. Près de la volière à perruches, une femme avait disposé des fleurs coupées autour d'un panneau où étaient collées des feuilles dactylographiées, des photos, des coupures de presse. Un coup de vent en avait emporté une qui était venue se plaquer sur ma cuisse. « Des espaces verts à la folie meurtrière. » Je me suis approchée pour la rendre à sa propriétaire.

— Vous pouvez prendre connaissance du dossier, si vous avez un petit moment... Vous êtes d'ici ?

Mes yeux se sont arrêtés sur le portrait d'une famille heureuse, un couple souriant, la trentaine, et leurs deux jeunes enfants.

— Oui, je suis revenue depuis quelques semaines mais ça faisait très longtemps que je n'avais pas fait un tour par Béziers.

Elle avait surpris mon regard.

— Ils sont beaux, vous ne trouvez pas ?

Les titres inquiétants des journaux qui entouraient les clichés m'ont rendue prudente.

— Oui… très beaux, en effet. C'est votre famille ?

— Non, mais ils sont très proches, en pensée. Je connaissais seulement Jean-Michel, il m'est arrivé plusieurs fois de discuter avec lui quand il s'occupait du parc, il expliquait son travail, les cycles de la nature. Un très bon jardinier, amoureux de ce lieu. J'y passe une partie de ma vie, avec les oiseaux. C'est là que je venais promener mes enfants puis mes petits-enfants… Si je suis bloquée, pour une raison ou une autre, que je n'y mets pas les pieds pendant une semaine, ça me manque terriblement.

J'ai commencé à lire un premier article publié dans *Libération* :

> *Tout commence en 1994. Rieux entre au service des espaces verts. Il aime bien son boulot, fleurit les plates-bandes du plateau des Poètes. Très vite, l'hostilité se déclenche autour de lui. Pourquoi ? On n'en saura que quelques bribes. Jean-Michel est l'époux de Karima.*

— Vous en avez déjà entendu parler, de cette histoire ?

— Je connais des gens qui ouvrent en premier le journal à la rubrique nécrologique… Je n'ai jamais compris. Moi, au contraire, je ne regarde jamais la page des faits divers, ça me met mal à l'aise…

— Vous verrez, c'est triste, mais ce n'est pas qu'un fait divers.

Je me suis forcée à continuer la lecture de la petite exposition qu'elle avait constituée à la mémoire du jardinier. Il s'appelait Jean-Michel Rieux. Né en 1969, aviateur pendant son service militaire, il avait été embauché en 1994 au service des espaces verts de la mairie de Béziers, après avoir obtenu un brevet de technicien supérieur agricole. L'année suivante son épouse Karima, fille de harki, donnait naissance à Amandine. Un garçon, Charles, suivra bientôt. Il construit sa maison de ses mains, sur un promontoire dominant l'étang de Vendres, sur la route de Valras-Plage. Il élève des colverts, s'adonne à la pêche à la ligne, se passionne pour l'écologie. On l'apprécie pour son engagement au travail. Tout change en 1999, quand il donne son adhésion au syndicat CGT des communaux, choqué par la dégradation de l'ambiance dans son service, par les insultes adressées aux plus vulnérables. Reçu à ses examens, il voit ses promotions gelées tandis que des collègues ayant échoué bénéficient d'avancement. On le surveille, on note ses faits et gestes, on contrôle ses horaires à la minute près. Un médecin du travail perçoit l'altération de l'état de santé du jardiner, préconise un changement de service. C'est dans ces conditions que Jean-Michel Rieux découvre des affichettes le ciblant directement dans un local technique accessible aux seuls employés : un dessin d'abord représentant un pêcheur à la ligne se faisant sucer par un poisson, une circulaire ensuite imitant un document du ministère des Transports relatif à de prétendues nouvelles dispositions pour le permis de conduire :

Si vous écrasez un Arabe… + 2 points.
Si vous écrasez un couple… + 6 points.
Si vous écrasez une Arabe enceinte… + 3 points.
Si vous écrasez une Arabe avec une poussette… + 14 points.

Il faudra trois semaines pour que la direction des ressources humaines procède à l'enlèvement des tracts racistes. À contre-cœur, Jean-Michel fait une demande de mutation de service. Ses employeurs choisissent la période des fêtes de fin d'année pour lui proposer une affectation à la déchetterie, au mépris de sa qualification. Il refuse, appuyé par le médecin du travail, mais la mairie le contraint à rejoindre ce poste. Un mois plus tard, le 23 février 2003, il se mutile, se fracturant volontairement l'index d'un coup de marteau. Son délégué syndical alerte la hiérarchie sur les pensées suicidaires de son collègue. Le 26 février, Jean-Michel Rieux envoie un courrier au maire de Béziers, Raymond Couderc, pour protester contre sa relégation à la décharge, puis il quitte le domicile familial à pied, sous la pluie. Il y revient dans la nuit du 27 au 28, rongé par le désespoir, tue ses deux enfants, son épouse, se plonge une lame de couteau dans la poitrine. Grièvement blessé, il est soigné à l'hôpital puis transféré à la maison d'arrêt de Perpignan où il se suicide par pendaison, le 12 mars.

Je me suis appuyée au tronc d'un arbre, respirant profondément pour dissiper la sensation d'oppression née de la lecture du calvaire du jardinier du plateau des Poètes. La femme ne s'est pas aperçue de mon trouble.

— Les responsables doivent entendre leurs oreilles siffler !

J'ai pris la barre aux céréales dans ma poche de veste.

— Ah oui… et pourquoi ?

Elle a sorti quelques feuilles agrafées de son sac.

— On ne peut pas encore le rendre public, mais c'est officiel… Ses parents et ses amis se battaient depuis dix ans contre les moulins à vent de la mairie, de l'administration. Personne ne voulait les entendre, on les traitait d'obsédés de la procédure, de paranoïaques. C'est un miracle qu'ils aient tenu bon. Mais la cour d'appel de Marseille vient enfin de leur donner raison. Elle reconnaît le harcèlement moral. Elle annule les précédents jugements et condamne très lourdement la mairie de Béziers pour le préjudice.

J'ai apposé une signature tremblée sur le registre qu'elle me tendait avant de descendre à petites foulées vers la gare. Parvenue au bas des marches, j'ai senti que mes jambes ne me tenaient plus. J'ai préféré renoncer à la balade. J'ai fait une pause place Garibaldi, où j'ai bu un thé à la menthe brûlant à la terrasse du *Tropicana,* avant d'aller m'allonger dans l'obscurité tous volets fermés, à la maison, la boîte de cachets à portée de main. Les fantômes de la maison rue Auguste-Comte, près de l'école maternelle Paul-Bert sont venus me rendre visite. Je revoyais la pièce principale où nous mangions, tous réunis, et dans laquelle mes parents dormaient en poussant la table, le soir, pour déplier le canapé transformable qui leur servait de lit. Ils étaient là, même si la trop grande clarté qui inondait la pièce m'empêchait de voir leurs visages. Des cousins, des voisins, s'étaient joints à eux. On était allé me chercher dans la chambre que je partageais avec mes jeunes sœurs, alors que je révisais mes leçons. Je marchais la tête baissée, les épaules rentrées, traînant des pieds sur le lino luisant. Alors qu'il ne rentrait jamais chez nous, et qu'il restait sur le pas de la porte même lorsqu'on avait besoin de signer, le facteur se tenait dans l'entrée. En m'apercevant, il avait plongé la main dans sa lourde sacoche béante pour me tendre un paquet de lettres ornées de timbres bariolés. Il avait aussitôt disparu. Le cercle des adultes s'était resserré autour de moi, à m'étouffer, quand j'avais commencé à ouvrir le courrier.

Je me suis réveillée d'un coup, haletante, avec, dans mes oreilles, un cri : « Non ! »

Chapitre vii

Malgré les averses, je me suis obligée à prendre l'air en fin de journée, pour remplir le frigo. Au retour des courses, j'ai croisé Laurence Guardiola, la voisine du quatrième, qui glissait des professions de foi dans les boîtes. Elle m'en a tendu une.

— C'est le programme du candidat socialiste. Je le soutiens depuis toujours. Il organise une rencontre avec les gens du quartier demain soir, vers six heures, dans la grande salle du Centro... Tu veux venir ?

— Je ne sais pas ce que je fais demain, on verra... En plus, je vote encore à Paris, par procuration.

— Ça ne fait rien. Quand je partirai, je cognerai à ta porte. Si tu es décidée, on y va ensemble.

Attablée devant un plat de pâtes aux miettes de thon frais parfumées au basilic, j'ai lu en détail les huit pages de propositions de Jean-Michel Du Plaa, surprise de ne pas trouver une seule attaque contre le candidat du Front national, pas même une allusion, mais déjà habituée à ne pas lire le gros mot de « diversité ». Il y avait bien celui d'« intégration », mais il ne concernait que les handicapés. Je m'apprêtais à m'installer devant une rediffusion du *Parrain* inaugural lorsque le fixe s'était mis à sonner. Frédéric, mon fils, prenait la route trois jours plus tard pour rallier Marseille, où il allait suivre un stage de formation.

— J'arriverai samedi dans l'après-midi, vers deux heures. Il faudra que je reparte le dimanche à la même heure. Tu peux m'héberger dans ton palais ?

— Je vais m'occuper de ranger le bazar qui traîne dans la chambre d'amis. Si tu veux rester plus longtemps, il n'y a pas de problème, ça me ferait plaisir... Vraiment.

— Une prochaine fois. Il me restera pas mal de route à faire, et il faut que je sois d'attaque le lundi matin. J'ai dégoté un bon resto sur internet, *Au Pif Rouge*. En plus, c'est pas loin de chez toi d'après Google. Je t'invite.

Le programme de Du Plaa ne m'avait pas emballée. J'avais pourtant suivi Laurence jusqu'au centre culturel espagnol, faisant le pari que quelquefois les hommes politiques se révèlent meilleurs à l'oral qu'à l'écrit. On avait franchi un porche, une cour minuscule pour pénétrer dans une salle de théâtre à l'ancienne. L'orateur était déjà sur scène, entouré de quelques adjoints. Physique de sénateur en fin de parcours, un sourire ironique aux lèvres, il parlait lentement, d'une voix monocorde, sans trop regarder ses notes. Si les murs étaient décorés d'éclatantes affiches de corrida, ce taureau-là avait trop mangé et n'aspirait qu'à aller se coucher. Il a mis un peu plus de vigueur dans son discours quand est venu le moment de faire le portrait du candidat de droite sortant, Élie Aboud, un nom qu'il s'efforçait curieusement de prononcer « Aboude » :

— Aboude, il passe son temps à négocier comme un marchand de tapis. Je n'ai rien contre les Libanais, mais je ne supporte pas la politique de marchandage. Cela se passe comme ça là-bas : si tu es druze, tu as quatre sièges... Aboude dit qu'il était médecin, qu'il perd de l'argent en faisant tout ça... Ce n'est pas ma culture ni mon éducation.

Je me suis levée. Laurence m'a retenue par la manche.

— Qu'est-ce que tu fais ? Tu pars déjà ?

— Oui, j'en ai assez entendu... Les gens qui parlent de cette manière des « Libanais », des « marchands de tapis », ce n'est ni ma culture, ni mon éducation.

Huit heures venaient de sonner, et le dédale des rues du centre-ville s'était déjà vidé. Mes pas résonnaient contre les façades obscures. Une pancarte « À vendre » barrait la devanture de la boutique de chaussures Palissier qui portait le nom d'une élève du collège Riquet avec laquelle j'avais sympathisé et que j'avais pourtant oubliée, jusqu'à cet instant. Bernadette Palissier, son prénom me revenait maintenant. Une petite blonde au nez en trompette, toujours bien habillée qui collectionnait les photos de Dalida. Je me suis arrêtée devant la vitrine poussiéreuse où mon reflet n'arrivait pas à s'inscrire. Sa mère avait fait les gros titres du *Midi libre,* ce devait être au printemps de 1960, en remportant le concours départemental de la Fée du logis doté d'une cuisinière Coste-Caumartin, puis en terminant deuxième dauphine de la finaliste, à Paris, au Salon des arts ménagers qui se tenait sous les verrières du Grand-Palais. Nous avions assisté aux épreuves dans des halles bondées, mais seuls les spectateurs des premiers rangs avaient pu goûter au veau marengo et aux tartes aux pommes caramélisées confectionnés par les concurrentes. Il leur fallait également démontrer leurs talents de raccommodeuse en posant une talonnette au bas d'un pantalon d'homme, puis le repasser en ayant soin de former le pli traditionnel. Suivait la préparation d'un biberon destiné à un nourrisson d'un mois et demi pour terminer par l'habillage d'un poupon en choisissant dans un tas de vêtements les toilettes appropriées.

Le lendemain matin, j'ai pris le bus sur les Allées pour me rendre au marché de la Devèze. Je me suis faufilée au milieu de femmes en foulard pour rejoindre une place miraculeusement libre sur la banquette du fond. Tout le monde discutait, on se donnait des nouvelles de la famille, de la santé des enfants, comme sur une place de village. Jusqu'au chauffeur, un petit bonhomme à moustache qui connaissait pratiquement tous ses passagers par leur prénom, les saluant à la montée comme à la descente. Lorsque j'avais quitté Béziers, le quartier était encore en construction. Je l'ai découvert, derrière les vitres, quand l'autobus a quitté la nationale, à hauteur de Gargailhan. Des centaines de pavillons semblables serrés les uns contre les autres, entourés de haies de lauriers-roses, puis des barres, innombrables, posées à la manière d'un jeu de construction autour de squares bétonnés. Les marchands forains s'étaient installés dans les Allées, les cheminements de la cité, au bas des escaliers, sous le regard des fumeurs de chicha assis en surplomb à la terrasse du bar des Amis. J'ai flâné devant les étals sans me décider à remplir mon cabas, me laissant porter par le flot des badauds, grappillant une olive, goûtant à un pain aux noix. À un moment, j'ai ressenti le besoin de m'extraire de la foule. Mes pas m'ont conduite près de la mosquée, cachée dans une petite rue bordée d'entrepôts, derrière le centre hospitalier. Un panneau placé devant l'entrée annonçait la tenue, le matin même, d'une conférence contre l'islamophobie. Je suis entrée alors que les centaines de personnes présentes dans la salle applaudissaient l'homme qui se tenait derrière une table surélevée, et qui profitait de cette manifestation d'approbation pour se désaltérer. Tous les sièges étaient occupés. Je me suis appuyée contre une colonne pour écouter le monologue de l'orateur.

— Les islamophobes, les ennemis de l'islam veulent qu'il n'y ait pas de Miséricorde sur terre, parce qu'ils ont un Big Boss, qui s'appelle Shaïtan, le diable, et Shaïtan que veut-il ? Il veut que tout le monde aille en Enfer. Et pour qu'ils aillent en Enfer là-haut, il faut d'abord qu'ils vivent l'Enfer sur terre. Et l'Enfer sur terre c'est quoi ? C'est la désobéissance à Dieu, c'est de ne pas respecter les principes fondamentaux de notre religion qui sont des principes d'amour, de justice, d'acceptation de la différence, d'entraide et de fraternité. En fait, Shaïtan et ses potes, les islamophobes, les ennemis de l'islam, ont pour objectif de créer la *fitna* sur terre, la zizanie, le boxon. Dieu dit dans le Coran : « La *fitna,* la guerre civile, est pire que le crime », parce que tu vas vivre dans la peur, dans le stress. On te colle une étiquette islamiste, salafiste, terroriste. Aujourd'hui, « musulman » c'est un gros mot, t'es un danger, t'es un monstre ! Tu fais sauter des ponts, dérailler des trains ! Pire ! Tu sais quoi ? Tu crées des tremblements de terre ! des volcans ! Même la sécheresse c'est de ta faute ! Tout ce qui se passe sur terre et dans l'univers, c'est à cause de lui !

Je connaissais ce discours pour l'avoir entendu cent fois lors de rencontres familiales ou de la part de personnes qui tentaient de me sauver malgré moi. J'avais toujours pensé qu'il s'adressait aux faibles et à ceux que leur âge obligeait à côtoyer le mystère, mais j'étais sidérée de constater qu'une onde d'encouragement parcourait l'assistance, toutes générations confondues. Je me suis forcée à rester quelques minutes de plus, intriguée par le sourire satisfait qui venait de s'épanouir sur les traits du tribun.

— La preuve, pas la peine de l'apporter, parce que Goebbels l'a dit, vous savez ce qu'il a dit Goebbels : « Mens, répète le mensonge, et les gens finiront par le croire, sans rien chercher. » C'est pour ça qu'ils ont fait le 11 septembre 2001. Ils vont jusqu'à tuer des innocents ! Lisez *L'Effroyable Imposture* de Thierry Meyssan… Tu vas me dire dans le Pentagone, il y a un avion qui est rentré dedans ! Un avion qui est rentré dans le Pentagone ? Tu me prends pour un con ? Les deux tours se sont effondrées parce qu'il y a deux avions qui sont rentrés dedans ? Tu crois que je n'ai pas quelques notions de physique, de thermodynamique, ouais ? Tu crois vraiment qu'un peu de feu au quatre-vingt-dixième étage fait ça… ? Très bien. Et la troisième tour qui est tombée ? Il y avait quoi dedans ? Un deltaplane qui est rentré dedans ? Ils nous prennent vraiment pour des cons.

Je suis partie avant le couplet habituel sur les Juifs. Devant l'arrêt du bus pour le centre-ville, un slameur fatigué recueillait quelques pièces :

Et dire qu'on va plus jamais revoir ce quartier.
La Devèze, là où on a construit notre amitié.
On croit que ça m' fera du bien
De détruire le bloc où j'habitais
Et ce putain de foyer où on squattait avec mon cousin.
Cette destruction, c'est un médicament à effets secondaires.
Y aura plus personne pour dealer à la barrière.
Mais ce qu'ils oublient,
C'est qu'en détruisant ces blocs ils détruisent tous nos souvenirs.
Je te parle des courses de vélo sur la piste rouge.
Je représente tous mes frères qui ont grillé les feux rouges,
Bref les absents.
Ce qui m'tue, c'est de repenser aux parties de foot
À la placette, à la Gayonne
Et même au quartier d'en bas.
On s'est plaint du changement, maintenant on en paie le prix.
Faut dire qu'en dix ans le seul changement
Fut l'arrivée de Lidl à la place d'Europrix.
On est triste, mais mets-toi à notre place !
Ils nous virent, alors qu'on venait juste de s'habituer à la crasse.
J'place une dédicace
Aux squatteurs du quartier Aragon,
Aux anciens de l'Ancienne
Et tous ceux qui ont passé leur temps sur l'vieux pont
D'la Devèze.

Frédéric était arrivé plus tard que prévu le samedi, bloqué près de deux heures sur l'autoroute de Toulouse par la panne d'un convoi exceptionnel tractant un tronçon d'Airbus. Il m'a félicitée pour le choix de l'appartement, la distribution des pièces, la vue sur la place Jean-Jaurès, la situation en plein cœur de ville...

— C'est génial, tu as deux fois plus de place qu'à Paris. Pour être franc, j'avais un peu peur que tu sois partie sur un coup de tête.

— Je n'aurais pas pu tenir le coup à Paris…

— Tu sais, on peut t'aider…

J'ai fait comme si je n'avais pas entendu. Il a transféré sur mon ordinateur les dernières photos de sa fille et de son mari, en provenance de Doha. Une croisière nocturne dans une vieille barque en bois devant l'alignement des tours futuristes de West Bay.

— Je ne sais pas si c'est parce que tu y habites, mais j'ai l'impression qu'on parle beaucoup de Béziers ces temps-ci à la radio, dans les journaux…

J'ai haussé les épaules.

— Oui, il paraît, pourtant il ne se passe rien de spécial… C'est à cause des élections…

— Sûrement… Au début, je ne prêtais pas trop attention à ce qu'ils racontaient, puis j'ai fini par me faire un peu de souci pour toi. Quoi qu'on fasse, à leurs yeux on ne sera jamais des Français de souche…

— Je préfère être une Française de branche, au moins on est à l'air libre…

Il a insisté.

— Le facho qui se présente, tu crois qu'il a ses chances ?

— C'est une anguille… Il brouille tellement les pistes qu'il risque de faire un malheur… D'après ce que j'entends, tout le monde veut se débarrasser de l'ancien maire. Son bilan est désastreux. Mais ce n'est qu'un sondage. En plus, comme il est effectué sur un échantillon d'une seule personne, il y a une grosse marge d'erreur !

Frédéric avait bien fait de réserver. Le *Pif Rouge* avait été repéré par les journalistes parisiens et les envoyés spéciaux venus de toute l'Europe, de Corée, du Japon, du Brésil, qui occupaient une bonne partie des deux salles. Nous nous étions retrouvés assis à proximité immédiate d'une équipe de France 3 qui réalisait un documentaire sur une ville en campagne. Un photographe de *Libération* n'avait pas tardé à les rejoindre, et même avec la meilleure volonté du monde, il nous était impossible de ne pas surprendre leurs conversations. Oreilles grandes ouvertes, nous faisions semblant de nous concentrer sur la carte. Frédéric allait sur ses quarante-deux ans, mais à mes yeux de mère il restait l'enfant que j'avais bercé. J'étais tendrement ébahie par l'autorité avec laquelle il avait commandé les plats, un carré d'agneau pour lui, une brochette de Saint-Jacques pour moi, puis le vin bio, un Caylus d'Azille, dont le patron disait le plus grand bien.

Après deux verres de rosé, l'un des convives de la table voisine s'était lancé dans une analyse lacanienne de la situation biterroise.

— Je crois qu'ils sont dans la mouise jusqu'au cou. Le maire Couderc, les électeurs vont le virer d'un coup d'air. Son dauphin est déjà Aboud, le concurrent socialiste fait Du Plaa et le Front national, ça les Ménard rien !

Le réalisateur qui se tenait en bout de table l'avait gentiment taclé.

— Tu devrais postuler chez Ruquier...

Alors que nous commandions les desserts, des feuilletés aux fraises mara des bois, une journaliste s'était isolée à une table qui venait d'être libérée à notre gauche, pour téléphoner. Bien qu'elle fasse l'effort de parler à voix basse, nous étions invités malgré nous dans la conversation.

— Allô, Alex ? Tu sais qui j'ai vu cet après-midi à la permanence de Ménard ? Non, non... Lui, ce serait normal... Oui, oui, un homme... Qu'est-ce que tu vas chercher, je ne suis pas à la rubrique people ! Je te le donne : André-Yves Beck en personne. Personne d'autre que moi ne le connaissait, il se croyait incognito. Lorsque j'ai demandé à Ménard ce qu'il faisait dans les parages, il a immédiatement changé d'attitude. Le masque s'est fermé ! Il a grincé des dents quand je lui ai demandé s'il ferait partie du staff, en cas de victoire... Parce que là, son histoire de vierge effarouchée à propos des liens avec le Front national, ça vole en éclats… Plus à droite de l'extrême droite que Beck, il faut revenir quatre-vingt-un ans en arrière et passer la frontière! Oui, oui, bien sûr que j'ai des billes… Des agates et des calots même! Je ne m'avance pas en terrain inconnu… Ce type a commencé sa carrière politique à Troisième voie, une secte d'ultradroite. Il collaborait au fanzine *A.R.B.R.E.,* sigle d'Alliance rouge brune pour la révolution européenne, avant de fonder Nouvelle résistance, un groupe national-bolchévique et qui publiait *Lutte du peuple.* L'alliance de tous les anti-système contre le capitalisme apatride… Je suis persuadée que Ménard va en faire son directeur de cabinet, sinon, ça ne veut plus rien dire… Près de vingt ans qu'il pilote des mairies fachos, à Orange puis à Bollène, il sait comment ça fonctionne… Tu vois avec la rédac, mais je peux bricoler un papier pour le début de semaine… Deux, trois feuillets… Non, pas possible, je suis bloquée à Béziers… Il faudrait juste que tu me sortes du matos des archives… Mais non, c'est pas sorcier… J'ai les références en tête, tu ajusteras avec ce que tu trouveras dans le dossier… Tu as de quoi noter? Un quart d'heure… C'est bon… D'accord, tu me rappelles sinon c'est moi…

J'ai pris une infusion pour prolonger la soirée, tandis que Frédéric s'est laissé tenter par un Midleton, un whisky irlandais de quinze ans d'âge offert par la maison. Le smartphone de la journaliste a joué le thème d'*Orange mécanique* quand est arrivée l'addition.

Nous sommes revenus en silence, désarçonnés par ce que nous avions surpris. Frédéric a traversé la rue pour aller s'asseoir sous la tôle percée de l'abribus de la station Gabriel-Péri. L'écran de son portable éclairait son visage tandis qu'il pianotait. Je me suis approchée.

— Tu en as pour longtemps? Tu aurais pu attendre d'être à la maison…

Il m'a tendu son téléphone.

— Je voulais vérifier, ça me travaillait trop... La fille de la table d'à côté ne délirait pas... Regarde ! Le dénommé Beck ne se cache pas, il y a pas mal de choses à son sujet sur internet... Les groupes et les revues auxquels il a collaboré s'attaquent aux handicapés, aux vieux, dont ils espèrent qu'« allongés, décomposés, ils auront ce sourire sans chair de ceux qui ont fini de nuire », Jean-Paul II est traité de « putain romaine ». Ils font la promotion de groupes de rock néonazis, publient les aventures des Rats noirs, des fascistes armés de bombes de zyklon B qui nettoient le « Yüdator » des Juifs et des Arabes...

Alors que nous arrivions sur l'arc de cercle de la place Jean-Jaurès, Frédéric s'est immobilisé. Il s'est retourné vers moi, m'a regardée droit dans les yeux.

— Les gens ne vont pas voter pour des types pareils ! Béziers, c'est quand même la ville natale de Jean Moulin, non ?

J'avais oublié...

J'ai composé le code, puis j'ai grimpé l'escalier sans dire un mot. Que pouvais-je répondre ? Beaucoup trop d'histoires se bousculaient dans ma tête, et je n'aurais pas su par laquelle commencer. Les nattes dans la cour de l'école, les arrestations près de la Cabane Bambou, les campagnes de promotion du vin, l'exil recommencé d'Abdelkrim, mon père, le mausolée en mémoire d'un jardinier, les anciens confinés dans leurs taudis, les peintures au plomb autour des berceaux, les poèmes muraux comme rempart contre les dealers, le mépris pour les marchands de tapis... Et cette envie, surtout, qui s'emparait de l'esprit des braves gens : ça dure depuis trop longtemps, il faut régler tous les problèmes une bonne fois pour toutes, quitte à faire l'économie de la discussion, de la persuasion. La torture, la peine de mort, si on touche un cheveu de ma fille...

J'ai eu du mal à apprivoiser le sommeil, et j'allais sombrer quand j'ai été aspirée par un nouveau vertige. Je me suis retrouvée une fois encore dans la pièce principale de la maison d'enfance, debout au milieu de tous les miens. Je tenais une lettre entre mes mains tremblantes. Je m'efforçais de la lire à voix haute, mot après mot. J'ai fait un effort surhumain pour écouter ma propre voix, et c'est seulement à cet instant que j'ai réalisé que la gamine qui se dressait devant tous ces adultes était la seule à savoir lire. Tout ce qui arrivait de l'autre côté de la Méditerranée leur parvenait par ma bouche. Mes propres paroles, qui amplifiaient les phrases maladroites tracées sur le papier d'écolier, m'ont transpercé l'âme.

Cher Abdelkrim, mon fils bien aimé,

J'espère que cette lettre te trouvera en bonne santé, à Béziers, et que la paix règne sur tous ceux qui t'entourent. Ton père nous a quittés hier, mais c'est tout ce que je peux confier au messager. Préviens tes frères, tes sœurs et la grande famille de ses amis. Il aurait tant aimé vous voir une dernière fois, mais Dieu en a décidé autrement. Sa vie témoigne pour son éternité, et je prie pour que nous nous retrouvions tous quand notre heure sera venue.

Que Dieu te garde.

Ta mère,

Aïcha

J'ai fermé les yeux sur la petite porteuse de mauvaises nouvelles.

Du même auteur

chez d'autres éditeurs

dernières parutions

Galadio, Gallimard, 2010
Le maître est un clandestin, Rue du Monde, 2010
Dernière station avant l'autoroute, Casterman-Rivages noirs, 2010
Avec le groupe Manouchian. Les étrangers dans la Résistance, Oskar, 2010
Gens du rail, Privat, 2010
Mémoire noire, Gallimard Omnibus, 2010
Texas Exil, EP éditions, 2011
Octobre noir, Ad Libris, 2011
Bagnoles, tires et caisses, Jérôme Millon, 2011
La Prisonnière du djebel, Oskar, 2012
L'Espoir en contrebande, Le Cherche-Midi, 2012
(Prix Goncourt de la nouvelle 2012)
Le Banquet des affamés, Gallimard, 2012
Louise du temps des cerises, Rue du Monde, 2012
Les Négatifs de la Canebière, Le Monde éditions, 2012
Têtes de Maures, L'Archipel, 2013
La Différence, Casterman, 2013
La Main rouge, Ad Libris, 2013
Une oasis dans la ville, Larousse, 2013
Voiles de mort, Le Monde éditions, 2013
Mortel smartphone, Oskar, 2013
La pub est déclarée, Hoëbeke, 2013
Le Tableau papou de Port-Vila, Le Cherche-Midi 2014
L'Esclave du lagon, Larousse, 2014
Maudite soit la guerre, Rue du Monde, 2014
Les Pigeons de Godewaersvelde, Le Monde éditions, 2014
Chute d'un ange, Casterman, 2014
80's. Le grand mix, Hugo-Desinge, 2014

Voir la bibliographie complète sur le site des éditions Verdier

Chez le même éditeur

Françoise Asso
Déliement
Reprises
Par-dessus le toit
Patrick Autréaux
Se survivre
Jérôme d'Astier
Les Jours perdus
Lutz Bassmann
Haïkus de prison
Avec les moines-soldats
Les aigles puent
Danse avec Nathan Golshem
Pierre Bergounioux
Le Grand Sylvain
Le Matin des origines
Le Chevron
La Ligne
Simples, magistraux et autres antidotes
Un peu de bleu dans le paysage
Back in the Sixties
Carnet de notes 1980-1990
Carnet de notes 1991-2000
Carnet de notes 2001-2010
Les Forges de Syam
Une chambre en Hollande
François Bon
Temps machine
L'Enterrement
Prison
Le Solitaire
Paysage fer
Mécanique
Quatre avec le mort
David Bosc
La Claire Fontaine
Patrick Boucheron
Léonard et Machiavel
Joë Bousquet
D'un regard l'autre
Papillon de neige
Les Capitales
Géva Caban
La Mort nue
Béatrice Commengé
La Danse de Nietzsche
Marie Cosnay
Villa Chagrin
Esther Cotelle
La Prostitution de Margot
Didier Daeninckx
La Mort en dédicace
Cannibale
Le Dernier Guérillero
La Repentie
Cités perdues
Histoire et faux-semblants
Rue des Degrés
Le Goût de la vérité
Emmanuel Darley
Un gâchis
Un des malheurs
Marc Delouze
C'est le monde qui parle
Richard Dembo
Le Jardin vu du ciel
Laure des Accords
L'Envoleuse
Michèle Desbordes
La Robe bleue
La Demande
L'Habituée
Un été de glycine
L'Emprise
Les Petites Terres
Camille de Toledo
L'Inquiétude d'être au monde
Tonino Devienne
Domaine de Breakdown
François Dominique
Solène
Pierre Dumayet
Le Parloir
La Maison vide
La vie est un village
La Nonchalance
Brossard et moi
Eugène Durif
Une manière noire
Vincent Eggericx
L'Art du contresens
Peau d'ogre
Claude Esteban
L'Ordre donné à la nuit
Trois Espagnols. Goya, Velázquez, Picasso
Ivan Farron
L'Appétit limousin
Alain Fleischer
Mummy, mummies
Pris au mot
Grands hommes dans un parc

Benjamin Fondane
Le Mal des fantômes
Écrits pour le cinéma
Le voyageur n'a pas fini de voyager
François Garcia
Federico ! Federico !
Christian Garcin
*Labyrinthes et Cie*
La neige gelée ne permettait que de tout petits pas
L'Autre Monde
La Piste mongole
Des femmes disparaissent
Ienisseï
Armand Gatti
Le Couteau-toast d'Évariste Galois
La Parole errante
Œuvres théâtrales
L'Enfant-rat
Les Arbres de Ville-Évrard
Le Poisson noir. Un homme seul
Notre tranchée de chaque jour
Les Analogues du réel
Le Monde concave
Opéra avec titre long
La Traversée des langages
Michaël Gluck
Partition blanche
Georges-Arthur Goldschmidt
Le Poing dans la bouche
Le Recours
Celui qu'on cherche habite juste à côté
Sylvie Gracia
L'Ongle rose
Pavel Hak
Vomito negro
Jean-Baptiste Harang
Prenez un coq
Gil Jouanard
Le Jour et l'Heure
C'est la vie
Le Goût des choses
Plutôt que d'en pleurer
D'après Follain
Mémoire de l'instant
Bonjour, monsieur Chardin !
L'Envergure du monde
Michel Jullien
Yparkho
Compagnies tactiles
Au bout des comédies
Esquisse d'un pendu
Luba Jurgenson
Au lieu du péril
Annie Le Brun
Appel d'air
Raymond Lepoutre
Ernesto Prim
Alain Lercher
Les Fantômes d'Oradour
Le Dos
Prison du temps
Alain Lévêque
D'un pays de parole
Bonnard, la main légère
La Maison traversée
Le Ruisseau noir
Hugo Marsan
Le Corps du soldat
Le Balcon d'Angelo
Jean-Yves Masson
L'Incendie du théâtre de Weimar
L'Isolement
Ultimes vérités sur la mort du nageur
Daniel Mesguich
L'Éternel Éphémère
Natacha Michel
Autobiographie
Plein présent
Pierre Michon
Vie de Joseph Roulin
Maîtres et Serviteurs
La Grande Beune
Le Roi du bois
Trois auteurs
Mythologies d'hiver
Abbés
Corps du roi
L'Empereur d'Occident
Les Onze
Vermillon (photographies d'Anne-Lise Broyer)
Maurice Nadeau
Le Chemin de la vie
Claude Pérez
Amie la sorcière
Conservateur des Dangalys
Jackie Pigeaud
Théroigne de Méricourt. La lettre-mélancolie
Christophe Pradeau
La Souterraine
La Grande Sauvagerie
Jacques Réda
La Sauvette
Le Lit de la reine
Les Fins Fonds
L'Affaire du Ramsès III

Mathieu Riboulet
L'Amant des morts
Avec Bastien
Les Œuvres de miséricorde
Olivier Rolin
La Langue
Bric et broc
Emmanuelle Rousset
L'Idéal chaviré
Saturnales de Swift
Jean-Jacques Salgon
Place de l'Oie
07 et autres récits
Le Roi des Zoulous
Ma vie à Saint-Domingue
Dominique Sampiero
La Lumière du deuil
Le Dragon et la Ramure
Michel Séonnet
La Tour sarrasine
Que dirai-je aux enfants de la nuit ?
Anne Serre
Le Mat
Petite table, sois mise !
Dominique Sigaud
Partir, Calcutta
Pierre Silvain
Le Jardin des retours
Julien Letrouvé colporteur
Assise devant la mer
Les Couleurs d'un hiver
Bernard Simeone
Acqua fondata
Sarah Streliski
Accident
Philippe Sollers
Le Saint-Âne
Emmanuel Venet
Rien
Ferdière, psychiatre d'Antonin Artaud
Précis de médecine imaginaire
Guy Walter
Outre mesure
Un jour en moins
Antoine Wauters
Nos mères

Cet ouvrage a été achevé d'imprimer en août 2014
dans les ateliers de Normandie Roto Impression s.a.s.
61250 Lonrai
N° d'imprimeur : 1403051
Dépôt légal : août 2014
Imprimé en France